球体、タンポポの

秦ひろこ

球体、タンポポの＊もくじ

装画　保坂優子
装丁　宮島亜紀

球体、タンポポの

分身

仮り寝布団をたたんでいると
はだしの足うら
木目の床がほのぬくい
わたしの体温
わたしの気配
そとがわから触れてきた
もうひとりの自分

木の床の上
目には見えぬ分身の
ひそやかの温感
ほのあまいくず湯の
半透明のやさしさだ
やさしいのに
ヒトのはじめから在る
シンプルのたしかさだ
人知のものをさらり超え

それは小さい頃からの
子どものわたし

気付かぬうち
怖じるを知らない
すなおのパワーがそこにいて
短い時間放っている
生きている感触の
直の証し

不器用なあたりへ
向けられる人のおもて裏
もう慣れたとのみこんでも
耳の奥から幼少の
…ひぃぃぃぃぃぃぃ〜ん…
不安の音感覚がよみがえる

この今

わたしはこうしてこんなにぬくい
こんなにこうして自分は在る
いのちの根っこが
やわらかの温度の声をあげて
うちがわの
冷えきったあたり
ノックする

ふゆのくもりのキャミソール

ゆげを　まとった
ほのくらい　ふろあがり
いつもの黒の　キャミソール
すぽりかぶって　すそひけば
ひだりのちぶさの　わきした
ひやり　はりつく
りょうせいるいの　いわかん

ふゆのくもりの　さむいいちにち
ひだりのわきの
つめたい　なまがわき
いしつの　ヒフの
いやおうなしの　よそよそしさ

ここなんかげつ
わたしのうちがわに　いすわって
おりにふれ　ふるえだす
ふきょうわおん
かたちにすれば　のがれがたい
はんがわきのかんしょく

あまりににていて　ぬぐきがしない
じぎゃくの黒の

じかんとともに
わたしのヒフの　たいおんは
はりつくしめりを　うけいれて
いしつの　いきものを
やわらげるが

ふきょうのわおんの
あつかいづらさ
あわただしいほかごとに　いりまじり
まぎれ　まぎれ

どくの　うすまることの
あったとして
からだになじむことの
あるか　ないか

ゆびたちが

バスタブに背をもたせ
半身とっぷり湯に沈み
いつのまにかむねのまえ
二つのてのひらをこちらに向けて
開いた本のように合わせていた

ゆびはしぜんに

手まえに曲がり
10個のつめがこちらを向く
（親ゆびは　ややよこ向き

一本　いっぽん
ゆびがからだ
つめがかおの
わたしからつながるわたしの先っぽ
10《とお》の生きもの

ゆびどおし
すりあうようにうごきはじめ
10のつめのかおたちが

身ぶりたっぷり
げんきよく
わたしに向かって話しはじめ

それは
わらいながら言ってくる
音にならない
にぎやかの声
秘密のことば

ほのくらいあさの風呂
ほんやりしろいゆげのなか
うちがわのひりつく場所へ

こちらを向いた
10のゆびから届いたもの

タカになる

ふいに空に現れる
水平のつばさ
すべるようにやってくる
そちらを向いていなくても
つよい気配が知らせてくる

待っている

やってくるのを
子どもみたいに　母親みたいに

何の因果か出逢ってしまった
わたしの偶然　お前たちの偶然

のこされた緑の丘陵の
真んなかを貫く破壊の線引き
その真下に営巣する必然

ヒトには見えない気流が見える
気流にのって
螺旋をえがいて

すこしずつ高度を上げて
さえぎるもののない空の高み
陽に透ける
展《の》ばしたつばさ
ゆう然　旋回
羽ばたかない

双眼鏡のなか
けしつぶの消えるまで
けしつぶに吸い込まれ
腕のしびれも息も吸われ

しんどいことがかさなると
あのとき見上げたようにかおを上げる
斜め上方　視線のさき
天井でも高層ビルでも
高みに一羽　タカが舞う

ながめるうち
からんだものが落ちていく
落として　捨てて
ゆるりひとり舞っている
青の高み
タカに　なって

翼竜など

羽毛の　ふとん
ふしぎの　おもさは
羽毛の　あいじょう
やわらかに　わたしを　つつむ
はねの　むすう

羽毛に　くるまれ

わたしは　うすいからの
一この　たまご
ほのあかるく　透けている
しろい　かたち

羽毛の　とりで
そとがわの
つめたいものを　さえぎって
からの　なか
たまごの　わたしの　体温を
まろく　あたため　いつくしみ

あいされて

ぬくもる　わたしの　体温は
わたしの　そとにも　充ちてでて
羽毛の　かこいの　うちがわに
ほのぬくい
おんどの　空間《すきま》を
うみだして

それは
ぬくく　こもった　あんしんの
わたしの　かえってくるところ
未知の　なにかの　かくれている
じかんも　よどむ
子宮の　もうひとつ

かえるまえの　たまごの　わたし
羽毛のゆりかご　ゆられ　ゆられ
こんどは　なにに　うまれよう
翼竜　など　どうだろう
ほのくらい　なか
ひとみを　ひらき

羅紗バサミ

ふわり浮かんで
流れてきた
やさしいくぼみの
小さな羽毛　一艘の舟
ぬめらかに上下する水面の上
すんと着地し身を起こし

水の上　無重力に乾いている
ういういしくも繊細《こまやか》のすがた
さそっている
わたしに向けて
さりげなく

「こっちにおいで
鳥みたいに　けものみたいに
そんなものです　しぜんのこと」
伝えに来た
空気に溶けるしなやかのかたちで

くろい重たい羅紗バサミ

おおばあちゃんの裁縫箱
一番下に入っていた
一気にすっぱり切り落とす
鳥になる　けものになる

はやい時期にここまできた
もっとあとならもっとくしゃくしゃ
アメーバの水球が　喉のすこし下あたり
うるうる詰まっているけれど
向きを変えるだけ
いくらでもある
３６０度

「あれほど愛して
あっさり　きっぱり
それ
あたしらの　あたりまえ」

前橋

ようやく訪れた東の地
駅のホームに降り立てば
吹きしきる風のなんという量
いつから羽織っていたんだろう
わたしの透明マントは
音をたててうしろにはためき

丸石できれいに護岸された
川の両側柳も
緑の髪を長くなびかせ
長い髪の緑の先が
ほとんど川面に届いているデハナイカ

おやおや　ひょいと
デハナイカ
ヘンチクリンな言葉使いがやってきて

ましてさほどおおきくない川の
これは大河の水量デハナイカ
瀟洒な橋に立てば次から次

わたしに押し寄せる波がしら
水に託して絶え間なく
こちらに押し寄せるなにかしら

普段からここはこうなのだ
西の土地に暮らした何十年
風の量と水の量
惹きつけられた二つの量が
この日このとき　あたまを揃え
なんという初対面の迎え方

まっくろけの猫と
糸みかづきから百年あまり

この町にいまも息づくなにものか
わたしを引き寄せ
はげしく突き放すなにかしら

気付いている　それが
わたし自身に起因する
サビシイもののせいであること
帰りに買った大栗入りの白あんモナカ
バス待ちベンチで頬張れば
やけにおいしかったのではあるけれど

やさしいへび

やさしいへび
と　ひとめで思った
へびがやさしいなんて
はじめて思った
二匹のへびが
からだをよせあい眠っていて

くつしたの先に似た
勾玉ふうのよこがおに
閉じたすいへいの長い眼だけ
ないくちの
くちもとのまるみの子どもっぽさ
長みみつけたらうさぎ顔

ともえにかおを組みあって
同心円にじぶんをまいて
むしんのこころのシンプルふたつ
たがいを抱いて
ひっそり眠り

二匹のへびは双子です
兄はウユスリ　妹はウユスラ
どちらかが兄　どちらかが妹

うえとした
ひとつにかさなる一方が
くるり１８０度回転すれば
ウユスリのすきまはウユスラのかたち
ウユスラのすきまはウユスリのかたち

二次元世界のへいめんに
ぴたりはまりあうあざやかさ
数学もんだい　解けた気分

うつくしい幾何学の
らせんの模様が親戚で
ウユスリとウユスラ　理数系
かれらのドライのやさしさが
なまなました種族を忌避してきた
わたしの神経症をやわらげる

カリブーの仔もロウソクも

おおかみに追われ
生まれて間もないカリブーの仔が
互角にはしりつつ　追いつかれ
ひざをついたすがたのまま
食べられていく
声もあげず
ひっそりと

小ビンのなか
まじりけなく燃える
ロウソクのほのお
ふたをすると
かすかに背のびするしぐさして
揺らがず　音なく
やみにすんなり吸われて消える

いまからしぬ　ということで
病気でも事故でも自殺でも
なんでもないとき
いまからしぬ　ということで

気もちを密封
からだのちからをきれいに抜いて
全身　宙の闇にたおれれば
すぐみな　わからなくなれるという
あらたの世界が広がるという

べつの選択はないものか
なにかにぶつかりはしないのか
あれこれ思うじぶんを置いて
もとめられた
ゆだねること

身もこころも
やわらかの闇にまかせた
あのころ
すんと　とじるのが
あこがれ　なのに

カリブーの仔　にも
ロウソクのほのお　にも
いまだ　とおく

いつまで
じたばた
おどおど

言ってくるもの

眼があう
眼があうと
言ってくる
じっと　言ってくる
ものでも　生きものでも
野生の眼《まなこ》

言い張らない
ただ　言ってくる
さっとにげる
わすれる
わすれるが
むいしきはおぼえている

眼があう
またあう
なん十ねん後ということもある
うちがわで
いまだことばにならない
なん十年前の同類項が

ぐらりうごく

言ってくるのがかさなると
わたしのなか
ひらかなことばになりはじめる
それら
しゅんかんをつかまえなければにげてしまう
しつようにおもいだそうとするとにげてしまう
気まぐれな世界にいるむいしきのものたち

はやい朝の
ほのくらいバスタブ
湯気につつまれ

ほおっとうかんできていたもの
いいかんじにうでがのびて
そろり掬いとれそうだったのに

シャワーのしぶきをはねかえす
ほのしろいふたつのひざがしらに
気をとられ
ああまた　逃がしてしまった

みあげるゆき

……雪が降る　それは帰っていくことだ……　イヴ・ボヌフォワ＊

宙《そら》を
うめる
たえまなく

ふわり　ふわり
てまえは　ゆるやか
おくへいくほど

こまかくはやく
こどものころから
目のはなせない　ふしぎ

しろいかたちにふるものは
いまにすがたをあらわした
いまはない時間《もの》
そのむおんのひたすら
あわただしさを立ちどまらせる
あんじのかたち

いつのにまにかききいって
視覚のおんがく

みつめるものをとりこむ魔性
みあげるうち
ふりくるまわたの化身らの
きこえぬおとのいきがふれてきて

ふしぎのけはいのおんどのなか
いまをとめたみあげるものは
ゆきのなかをさかのぼり
なにとわからぬ
いまはない時間《もの》にかえっていく

そのみじかいあいだ
せつないこうこつ

わけのわからぬしんみつの感情
なにかしら気づくことの　のちの日々
あったり　なかったり

ゆきは
うしなわれたきおくの祝祭
たえまなくふりくることも
目のはなれぬことも
必然です

＊『イヴ・ボヌフォワ最新詩集』（清水茂　訳）「唯一の薔薇窓」

思イ出シテクレロ

川に寄り添う緑の丘陵の　川向かいに暮らしている　ここから見ると丘陵は
西の端が　伏した大きな生きもののかたち　そんな丘陵をゴンドウと名付け

川沿いの土手道を犬と十一年散歩して
犬が透明になってもいっしょに散歩
まいにち川をへだてたゴンドウを愛でる
ゴンドウはますますゴンドウになり

夕くらやみ
身体をふたまわり大きくして

かすかにうごく背中の気配の
こちらの頬まで触れてきて
何度もわたしに言ってくる

モットモット思イ出シテクレロ
何百何千年前ノ
此処《ココ》ノコト　オレノコト
トップリ沈メルクライ
思イ出シテクレロ

わたしの受け継ぐ
わたし以前のものたちは
忘却の厚い真綿をなぞるだけ

わたしをせつなくさせるだけ

そういえば
お前のすがたはここから見ると
古い都の
古墳みたいだと言ってやると

あの犬みたいに
ない尻尾をぶんぶんふる
いない犬の伏したかたちになって
ソウソウ　ソレカラ　ソレカラ

こんなわたしに

在るけどない
ないけど在る
そんなものを紡げという

洋梨 *

西の山に雪が来た
もう何年になるだろう
「お山は雪か」
あなたは耳もとで尋ねたのだ

街で見かけたおおきな洋梨
あの夜わたしの胸に持たせてくれた
ずしりとうれしいふたつのおもさ

また買ってしまったよ
いまはもう必要ないのに

冬は辛い
雪が降る
食べものがなくなる
いつわたしの理由《わけ》を知ったのだろう

山を降りて働いて　山への帰り
あなたの部屋を訪れた
ふかく眠っているから
いつもそっともぐりこんだ

「山」のこと 「お山」と呼んだ響きのやさしさ
息のぬくさ
「お山はどうだ」「坊やは元気か」
しろい月を胸にもどし
わたしの山に帰ったあのころ

ふたりの坊やも巣立っていった
ひとりは猟師の銃《たま》にやられたわ
父親《あのひと》までも
それから　山を突き抜け道路《みち》ができた

いまは街で暮らしています
子どもがいる　夫もいる

夫にもあのときおおきな洋梨を頼んだわ
洋梨はおっぱいの形　あなたのやさしさ
洋梨食べればおっぱいいっぱい
夫は不思議がってわらっていた
家族は知らない　山にいたわたし

いまでも山がいちばん好き
遊びにいく　途中まで車が入る
それを家族はハイキングなんていうけれど
お里帰りよ　わたしには

うれしくて吼えてしまいそうでたいへんよ
くやしくて吼えてしまいそうでたいへんよ

＊清水信氏の短編の続きとして

人形寺

風がふいている
あたしの髪が　ゆれている
お寺の庭は　なんて明るいのだろう

ほのくらい御堂から連れ出され
しろいひかりの風の庭
すわっていると

あたしのなか　遠いものが
彷徨いはじめる

ずいぶん嘆いたようにも
せつなく愛されたようにも　けれど
思い出そうとすると
触れそうなあたり
すうっ　とかすむ

くらい御堂に
最後のりんが尾をひいて
あたしの記憶は　封じ込められた

音のこもった空間で
止まったままのあたしの現在《いま》が
ゆうらり　ゆうらり
なんにもかなしくないことが
すこし　かなしい

うちがわで　こまかいものが
ながれ落ちる　絶え間なく
浄められ続けているのかしら
それとも　これは
あたしのなかが　崩れていく音
供養されるって　こういうこと

あたしの髪が　頬をなでる
しろいひかりが　すこしまぶしい
みんな　みんな　忘れてしまった

庭のまん中　火が燃えて
もうじき　なかに　つつまれる
なんにも　わたしは　こわくない
炎のなかの　色や音
しずかに　かんじておられるわ

そして終わりの瞬間《とき》
さよならって　言いたいけれど
いったい　だれ　に

石のかたち、舟*

アーモンドを縦に割った形して
森のなかの　石の舟
横向きに起き上がっている
起き上がって
しずかに流れ出しているもの

旅立つ作り手を送りとどけ

この森に腰を据えた
もう飛ぶことはなかったけれど
夜の森は気付いている
シルエットがかすかに動いて
舟の背が呼吸していること

彼のてのひらが触れて触れて
探り出したかたち
厚い皮ふの感触を記憶して
こんなにぬくいよ

億年の時間を抱いた黒みかげ石
その表面《おもて》

大地の朱《あか》のベンガラの皮ふは
やわらかな古代色の生気《エネルギィ》
舟の肌から有機体

自分の身体に合わせた
最後の仕事　けれど
黙々　向かいあっていた
石のなか
継いでいくいのちの
混沌のつぶやき

終わりへの時間にかたむきながら
ゆうるりかさなり　はじまってゆくもの

石の舟はそのまま
厚い木の実の殻の　揺りかご

絶えず滅んでいくもの
絶えず生まれてくるもの
うつろいゆくものの　うちがわのこごり
ゆらし　ゆらし　ほぐしていくよ

蝶や虫を遊ばせながら
森のなかの舟は気付いている
あらたな物語が
近づいていること

＊山口牧生「石の中」（パラミタミュージアム）

「いいえ　奪われたりしません
しっかり見張っているから
飛んできて攻撃します」
「カラスらに獲物のカケス　盗られてしまうのでは…」
小さな声で話していたのに　聞こえたらしい

クリアな標準語で答えた鳥人《とりひと》は
猛禽の鋭いまなざし
大きく開けた谷の向こう
高い尾根の鉄塔を眺める

見れば深々とした大気の彼方
鉄塔のその頂あたり
芥子粒ほどの黒っぽい点
双眼鏡を向けると
ハヤブサの親鳥だ

「ヒトの7・5倍の視細胞」の先
鉄塔からの巨大な容積の谷越しに

岩棚で孵化してすこし
まっしろのまるいほわほわ
見守る３羽の雛たち
斜め上の草むらには
隠したカケスの羽根印の青
（わたしたちはそれを双眼鏡で確かめる

「翼をたたんだ三角形の弾丸が
時速３００キロ以上
あの空間の広がりを
ものの３秒でカラスに達します」

滔々と底なしの大気の海のほとり

眼を見開くわたしは　いつの間にか
人さし指でつぶれる小虫のおおきさ
小虫の脳では
あの大気の広がりを
「ものの3秒で達する」すがたが描けない

代々人と猛禽を行き来する
あの家系を継ぐ鳥人《とりひと》
目も耳も研ぎ澄まされて
透明だった背中のつばさも見えてきた
猛禽期に入るのも近いと聞く

水の人

朝方からのあきれる雨の降りようだった
人は無力に封じ込められた
植物は雨の光に葉を艶めかせ
深緑に身体をしならせ肯いた

遅い午後
降りたいものを降り尽くし

しずかな充足感と
野生の冷気をあたりに充たし
雨は上がる

ひんやりつめたいの大気のなかは
原初の水とみどりの成分
水とみどりの粒子たちが
直にわたしの皮ふに触れてきて

誘い出された田んぼ道は一面の水鏡
根付いた稲の子たちがゆるく曲がって整列し
動く雲の
空を大きく映す水面は

夕くらやみに鈍く照り

雨上がりの直後には
水の人がいく人か
水みどりに透ける身体で
しめやかにあぜ道を行き交って
わたしも水みどりいろに染まりつつ
彼らと会釈などかるく交わした

炎暑

摂氏38度
国道一号線の真っ昼間
びゅんびゅん行きかう交通量の
ハンドルを持つ左手側
目に飛び込んできた一瞬の光景

運送会社の敷地内

車の出払った駐車場のど真ん中
炎天下
作業ズボンにしろい綿シャツの男がひとり
帽子もかぶらずしゃがみ込んで下を向いて
そばにシャベルやら何やら

突然
その目のおちた先から
炎天に激しくしぶきをあげて吹き上がる
奔放の勢いの水量
大人の背丈を軽々越えて

あまりの暑さに

男は砂漠を掘るごと地面を掘って
掘りまくり
ようよう水源を当てたのだ

焼きつける白日の日射しの只中
見上げる男の視線の先
高々と伸び上がり落ちてくる
熱気を貫く水柱
その活力の若々しさ

昼日中に出現した
綿シャツ男の駐車場の
大瀑布のシュールこそ

このうえなく正しいすがた
照り返しのきついハンドルの
炎熱にゆらぐ
アスファルト国道の向こうから
ステゴサウルスがやってきても
信じられる

もんしろちょう

ちいさいころから身近にいた
カミナリ蝶やシジミ蝶より
ずいぶんたくさん飛んでいた
もんしろちょうは
幼獣のわたしの狩りの標的《まと》
花や葉っぱにとまりかけては

ひらひら　飛びまよい
ようよう一点　さだまれば
目だけになって待っている
はねのうごきの緩むのを

ひらいて…　とじて…
とじて…　ひらいて…
さいごはしゃくりあげるよう
ひらいて…　とじる
三次元にありながら
一枚のはねの二次元

重りょくの向きにかたむいた

はねのまろいさんかく
息をけし　目だけで近づき
ひとさしゆびとおやゆびを
そうろ　そうろ
のばし

あこがれは
かどのとれたさんかくの
はねのはだのりん粉びろおど
やわらかのきなりの無垢の
微細のパウダー

ゆびではさめば

まったりなめらか
ゆびのはらに付くりん粉の
わたしの皮ふにない感しょく
触れれば損なわれることしりながら
やめられない　幼獣の狩り

鼻孔をくすぐるりん粉のかおりは
とおにからだの奥のわたしの成分
ゆびのきおく　鼻のきおく　が
おとなのわたしを駆りたてて
手まえをゆく
同るいこうに同化する

カミナリ蝶

少女たちの歌声から飛び出した
はたはた　はたはた　ことばの蝶
かろやかに上下して
耳のそば
鱗粉の羽の　またたく感触
忘却の奥から動き出し

カミナリ蝶
もう帰ってゆけない
古い国の古い地名のなつかしさ
チョウをセミを　追いかけたころ
クマゼミが王
カミナリ蝶は女王

黒い大型のしなやかさ
何百年　もっと以前から
何十世代も　幼いものが追いかけた
黒カミナリ
オオカミチョウチョ
そんな異名も抱きながら

わたしのなかのカミナリ蝶
アゲハという無難の呼称に
すり変えられた悔しさ
固い凍土に凍り付き
ひっそり　それでも待っていた

少女らの呼び声に
ぐらり氷の解けはじめ
わたしのうちがわ
止まった時間の奥底から
ゆうるり羽ばたき
浮かび上がり

懐かしい呼び名と黒いすがたの
重なった瞬間

〝あっ、かみなりちょう！〟
子どものわたしが声を上げ

…ドキン…
おおきく胸が振幅
息をのみ　目を見開き
よみがえる幼いころの
針の触れきった
気もちの弾力

球体、タンポポの

ねこ科の幼獣や
鳥たちと
おなじ組成

球のかたちの一本いっぽん
彼らの和毛と同質なので
植物というより動物
うまく触れれば
体温が伝わるいきもの

ビッグバンからの星の成分は
いまだ宇宙くうかんの浮遊を夢想
かろうじて
きみどり色の茎がつなぎとめる

天賦の才色は
じぶんの形状を
うつくしい数式にあらわす
幾何学へのひそかなあこがれ

春のおわり地面のうえ
ほのしろい球体をあちらこちらに浮かべ

漆黒の無重力をなつかしむ
ふわり　そのまま宙に
ただよいたい

けれど
本能なのか理性なのか時を知り
百にも二百にもかたちを解いて
幼獣のひげのシンプルへ
いのちを抱いた
軌道のない気ままの旅

見るものを
子どものこころでえいえんにくすぐり

失くしそうなわたしの子ども
やわらかに　かき立てて

完全むくの造形を
ずっと眺めていたいのに
そういうものほど誘惑され
そおっと折りとり
ふううっ…

ふるくからの伝承
ケサランパサランとの関わりは
ふふふ
いまだ秘密

ストロゥは

ストロゥは
ほそいほど　よい
と　百万べんおもう
おいしいジュースを舌のうえで
すこしずつ　とかすように
あじわえる

かみさまが
ほとばしるおっぱいを
あんなにほそくつくられたのも
おさないいのちに
こうしてあじわいかたをおしえるため

もうおっぱいをのんだあのころを
おもいだせない　けれど
くちもとや舌のうごきのかんしょくを
わからないどこかがおぼえていて
すい口をささえるように舌にのせ
びみょうに舌で押し上げて
チュウチュウすうのがいまもすき

たとえば冷凍ジュースや
すいあげるアイスクリーム
やさしくすぼめたくちびるで
しっぽりくわえ
そっと歯もそえ
すい口からちまちまやる
うっとりひそやかのしあわせです

気がつけばけっこう夢中ですっていて
そんなときまぶたがみている
あのころの乳のみ子の
みひらかれたひとみ

くもりしらずのまなざし

ほそいストロゥでのんでいる
わたしのひとみも
やわらかにみひらいて
どこかしらよごれしらずの
透んだかんかく

牛乳びんとクマゼミの朝

朝早く
自転車の荷台に乗ってくる
凍るくらい冷やされた
白い牛乳びんたち
露の衣をぐるりまとった
厚手ガラスのしなやかな曲線
ハイカラなあわい色のビニル帽

車輪のうごきに
牛乳びんどうしリズミカルに触れ合って
みずみず透みあがる露のひびき
何十人ものおしゃべりソプラノ
にぎやかな重さをささえている
しっとりしめった頑丈の木製箱《ケース》

自転車の止まった合図は
牛乳びんたちの切れ味いい
一斉声高フィニッシュ
三本同時に木製箱《ケース》より
片手で頭から引き上げられ

朝の空間にふれあう音色の
すずしい透明

玄関口で　ゴトン　ゴトリ
蓋つきの小さな木箱のなかへ
白い冷たい牛乳の
厚いびん底がおさまるころ
しゅわしゅわしゅわしゅわしゅわしゅわ…
クマゼミが鳴き始め

クマゼミの鳴き声は　ここちよく
うちがわのわたしのネジを巻き上げて
おかっぱ頭に簡単服

五歳のわたしは背すじをたて
わっかのついた栓抜きの先を
牛乳のまるい紙ふたへ
注意深く刺しとおす

かむ

耳をかみたい
ぴんと立ったさんかくのや
かどのまるい垂れたのや

細かな毛で被われた
しなやかでうすいかれらの皮ふ
ひとさし指とおや指ではさんでみれば

耳をとおして
向こうの指の感触

そんなうすさは
わたしの前歯にこそばゆく
顔をちかづけそっとかむ
うえとしたの
歯の先だけで

前歯をそっと立てるうち
そのうちに
キッ　と　きつくかみたくなる
思いあまって抱きしめるように

子ども部屋からみえていた
東となりのしんちゃんとポチ
縁側で　ポチをたて抱きしてひざの上
あごはポチのあたまの上

ときどきキャァンとポチがないて
あれはきっと耳をかまれたポチの声
あごのすぐ下　ポチのあたまのうすい耳
おさないしんちゃんが　かんだんだ

縁側で足をぶらぶらさせながら
ポチを抱いていたしんちゃん

わたしも犬を飼って欲しかった
ああして足をぶらぶら
しんちゃんみたいに抱いていたかった

犬と暮らす
おとなになったいまでさえ
こんなにせつなく
かむなら耳

竹ものさし

30センチの竹ものさし
小学生のとき使っていた
下のほうにたて書きの
五つのおおきなひらかな文字
わたしの名まえ
旧姓の

布の袋に入れていた
ランドセルの端に差しこんで
ランドセルの端っこから
ものさし袋があたまを出し
その下で
コップの袋が揺れていた

30センチものさしは竹でなければ
丸みをおびたぬくい手ざわり
たいらな背すじのかたい質感
プラスチックも使うけれど
竹のものの芯のたしかさ

くっきりほそく1ミリごと
竹の肌に彫りこまれた
りりしい黒の目もりのすがた
寸分みだれぬミリ少年らの
整然としたうつくしさ

ミリ少年らは子どものこころ
目を離せば　散らばり遊ぶ
そんな300のあたまを揃え
はしからはしまで押さえを利かす
少年たちの母親線

5本目ごとののっぽのミリは

母親からとび出すちょうけ者
ミリ10本でセンチの区切りをこしらえて
センチの区切りが30個
それらを仕切る父親線

父親線には飾りがある
10と20は４つのりっぱな赤い点
二重の半円幾何学模様をあしらいつつ
刻まれた３００以上の直線世界に
点と曲線を際立たせる　それら
雄鳥でいう飾り羽根

入れ子のわたし

目を閉じたり　開いたり
黙って想うわたしのうちがわは
生まれてからのわたしのつづき

じぶんのことをひろこと呼んだ
そんなわたしがわたしの原型
少しずつ何か加わっても

わたしの核はもとのまま

子どものころのわたしの原型
入れ子みたいにふだんはしまわれ
現在《いま》を渡る大人のわたしが
ひとりになってもの想うとき
入れ子に潜む子どものころの
もとの成分がにじみ出る

何十年を生きたわたしの
人から見えぬ眠りのゆめ
たとえ現在《いま》が舞台でも
子ども時代の場所が重なり

ゆめのなか　現在《いま》のわたしを演じている
あの頃からの入れ子のわたし

小学校の　洋館つくりの講堂は
くすんだ白壁　まろい曲線の木枠の内装
その隣　人骨《ほね》が沈む火の玉池
何度となくわたしのゆめに現れて
ゆめの日常　いきいき生きる
入れ子のわたし

ゆめのなか　それら
繰り返されるごと　たしかな古巣
古い講堂も火の玉池もいまはないが

凝ったはちみつ色して
うちがわの目に見えている

この間川で見つけた
先のとがったハチボクの実*
妹を背負い　祖母がおしめを洗うあいだ
夢中で摘んだ黒いハチボク
何十年経て同じ場所に生えていて
あのころのおかっぱ頭の
入れ子のわたしが小躍りして

*じゅず玉

内部駅の木の改札

内部《うつべ》駅という字には　たおやかでおとなしい雰囲気がある
おさないわたしの目に映る　小さいふるい駅舎の正面　横書
きの　駅名板のせいだろう　字の読めない目に　込み入って
ない〝内〟の字は寄りそいやすく　字のなかほど〝人〟に似
た　左右にななめの曲線が　髪をまん中で分けた　しずかな
昔の　女の人に見えていた

内部駅は　田舎の支線の終着駅　家から歩くとけっこうかかる　大きい道を越えた向こう　みじかい下りの奥が駅舎　子どものわたしに　駅は坂の底のどんづまり　ひっそり在った

内部線の車両は　上が黄色　下が深緑の小さなすがた　マッチ箱電車の異名があった　古風な洋館風の外観や内装は　新車両に変わるまで　カメラを持った鉄道マニアを呼び寄せた

駅の入り口から　うすぐらい待合を右に見てすぐ先　大きく駅舎が開口して　幅二メートルほどの　ささやかなホームがのぞいていた　背景は広々とした田んぼ　待合とホームを仕切るのは　がっしり太い木を組んだ　おとなの腰くらいの縦格子の柵　柵の左端が　人ひとり通れる扉　電車が来ると

駅員さんが　ホーム側に開けて通してくれた

おとなは　木の待合いすに腰掛けた　子どもは太く組まれた木の格子の　一段目に両足をかけて　柵の上部で身体を支え前のめりに向こうを見て　小古曽駅からの電車を待った　田んぼの間を　グオォオーン　ガットン　グオォォオーン　ゴットン　やたら大きな　エンジン音と車輪の音を響かせて市街《まち》への唯一の　交通手段がやってくるのを

時間を木肌になじませて　木目が浮き出た太い仕切りは　手にしたしくて足に頼もしい　幼いわたしを強くさそった　知らない子らが取りついていれば　後姿をながめつつ　空くのをじっと待っていた

鉄製の仕切りに変わって久しいが　あのころの　どうしよう
もない刷り込みのせいなのだ　ぬくい木肌の感触の　どっし
り頑丈　内部駅の改札の仕切り　いまもゆるぎないあこがれ
のかたち　くすんだ時間色して　視界のおくに確かに在る

市街《まち》から帰って電車を降りる　太い木肌の改札は　ホーム側
から見ても見慣れたすがた　けれど逆から入り　左側に見え
る待合は　不思議に見知らぬよその場所　「行きに来た駅や
に」と言われても　あの逆向きのよそよそしさ　子どものわ
たしに格別で　そのせいだ　あのころの確かめる眼差しを
いまだ帰りの待合に向けてしまう

あとがき

前詩集『古代魚ゴンドウとしらゆきひめ』を上梓してから、7年。はやいなと思う。たまってしまったものたちから選んで第4詩集『球体、タンポポの』とし、区切りをつけることにした。

思うところがあって、今年のはじめから旧姓「秦」を復活、本名「清水弘子」を、ペンネーム「秦ひろこ」とした。三冊の「清水弘子」の横に「秦ひろこ」が並ぶ。どちらもわたし自身…不思議でもある。

実家のある采女町古市場の古い集落に、子どものころは6軒ほど秦姓があった。みな古い親戚だと祖母が言っていた。

いま振り返ると、あのころ、一文字姓の「秦」の持つ強さに、知らず引いてしまっていた気がする。

大人になって、自らの遡る傾向に思い当たり、別の方向を彷徨ってしばらく、「秦」に戻り着いたふうだった。

今まで気づかなかったところから、サインらしきものが見え隠れする。わずかに揺れて消えそうな端っこ、捉えることができたらうれしい。

この詩集を編むにあたって、貴重なご意見をいただき大変お世話になった、書肆侃侃房の田島安江さんに、こころより感謝の気持ちを伝えたい。

２０１６年10月
気温の大きく落ちた朝

秦　ひろこ

■著者略歴

秦《はた》 ひろこ（本名：清水弘子）　1954年生まれ

『たゆたゆうかぶたいじのころよりもっとふかく』（2002年）
『ジェホメの問い』（2005年）
『しらゆきひめと古代魚ゴンドウ』（2009年）

〒510 - 0954　三重県四日市市采女町821 - 1

詩集　球体、タンポポの

２０１６年11月１日　第一刷発行

著　者　秦 ひろこ
発行者　田島 安江
発行所　書肆侃侃房（しょしかんかんぼう）
〒８１０・００４１
福岡市中央区大名２・８・18・５０１
（システムクリエート内）
TEL：０９２・７３５・２８０２
FAX：０９２・７３５・２７９２
http://www.kankanbou.com　info@kankanbou.com

DTP　園田 直樹（書肆侃侃房）
印刷・製本　株式会社西日本新聞印刷

ISBN978-4-86385-240-2　C0092